Ich glaube fast, hier stimmt was nicht

Sara Balls
fröhlicher Rätselzoo

Findling
Buchverlag Lüneburg

Knacks, es zerbricht ein Ei!
Schon geht das nächste auch entzwei.
Nun schlüpft sogleich der Rest
in dem Reptiliennest.

Jetzt staunt selbst die Mama:
„Sind denn schon alle da?
Ihr süßen Krokodile!
Ich zähl nur schnell, wie viele!"

Nun, Leopard, was ist geschehen?
Die Bilder, die wir sehen,
erzählen die Geschichte wirr.
Wie stimmt die Folge, überleg es dir!

So viele Spuren sind im Schnee,
welche gehören wohl dem Reh?
Und welche hinterläßt der Bär?

Sieh genau hin, es ist nicht schwer.

Das Gürteltier macht sich ganz klein,
die Affen schauen ängstlich drein.

Sogar dem Leguan wird bange.
Wo ist die grüne Schlange?

Die Fledermaus denkt sich verwirrt:
„Wer hat sich denn hierher verirrt?"

Weißt du, welche Tiere stören
und gar nicht in die Luft gehören?

Frau Hamster sucht bereits seit Stunden
und hat ihr Junges nicht gefunden.
Es hat sich gut im Korn versteckt.
Hast du es denn vielleicht entdeckt?

Der Schmetterling lädt Gäste ein
auf einen Salatkopf zart und fein.

Soviel er mag, darf jeder essen.
Frau Raupe hat es wohl vergessen.

Doch pünktlich war sie ja noch nie -
oder ist sie da? Siehst du sie?

Die Waschbären bringen zum Fluß ihr Essen.
„So, Kinder, nun aber nicht vergessen,
bevor wir davon etwas naschen,
wollen wir es erst richtig waschen."

Schon wird geschrubbt und wild geputzt,
bis plötzlich dann ein Waschbär stutzt:

„Das kann doch eigentlich nicht sein,
seht einmal genau ins Wasser hinein!"
Hast du die Fehler auch gesehn?
In den Spiegelbildern sind es zehn.

Der Eisbär blickt sich ratlos um,
wer tollt hier auf dem Eis herum?
„Ihr seid am Nordpol doch verkehrt!
Weißt du, wer hier nicht hingehört?

„Verrate mir doch bitte,
woher kommt deine Mitte?
Kopf und Schwanz, das ist mir klar,
doch woher stammt das Flügelpaar?"

„Das weiß ich wirklich nicht genau,
doch aus dir wird man auch nicht schlau."
Kannst du den beiden vielleicht sagen,
was sie von welchen Tieren haben?

Der kleine Puma sitzt und zittert,
weil er viele Gefahren wittert.
Doch findet er mit etwas Glück
den sicheren Weg zum Bau zurück.

Die Giraffen stehen auf engstem Raum
und zupfen Blätter von einem Baum.

Hier wird gedrängelt, dort geschoben,
sie recken die Hälse ganz nach oben.

Willst du sie zählen, dann mach geschwind,
solange sie noch beieinander sind.

Es sind 26 kleine Krokodile.

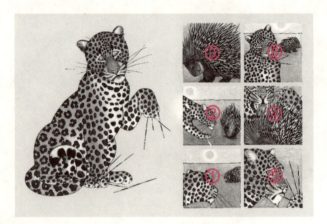

Folgende Tiere können nicht fliegen:
Rochen, Pinguin, Wasserschildkröte,
Strauß und Eichhörnchen.

Folgende Tiere leben nicht am Nordpol:
Huhn, Ziege, Kaninchen, Maus, Pinguin, Kakadu, Katze, Schwan

Linkes Tier: Eselsohren, Ziegenhörner, Wildschweinschnauze, Löwenmähne, Pinguinflügel, Känguruhbauch, Zebrarücken, Bärenpfoten, Hahnenschwanz

Rechtes Tier: Elchgeweih, Schweinsohren, Nashornkopf, Giraffenhals, Kamelrücken, Kuheuter, Tigervorderpfoten, Elefantenhinterfüße, Krokodilschwanz

Es sind 18 Giraffen.